Die Sage von den Elwedritschen

Wulf Werbelow

Die Sage von den Elwedritschen

Ein pfälzisches Fabeltier

Mit 20 Fotos von Helmut Vieser

Hermann G. Klein Verlag
1994

Autor und Verlag danken Herrn Professor Gernot Rumpf für die freundliche Abdruckgenehmigung von 20 Fotos des Elwedritschebrunnens in Neustadt an der Weinstraße.

3. Auflage

Hermann G. Klein Verlag
Neufferstr. 2, 67346 Speyer
Lithos: Schneider Repro GmbH, 69115 Heidelberg
Druck: Colordruck Kurt Weber GmbH, 69181 Leimen
Buchbinderei: Wilh. Osswald + Co., 67433 Neustadt/Wstr.

ISBN 3-921797-33-0

ALS
DIE ELWEDRITSCHE
NOCH NICHT
AUF DER WELT
WAREN

Ganz früher, als die Welt noch nicht so hektisch und laut war wie heute, da lebten die Pfälzer noch friedlich in ihren kleinen Dörfern am Rande des Haardtgebirges, in der Rheinebene, im Wasgau und im Hügelland der Westpfalz. Sie bestellten ihre Felder, hüteten das Vieh und fingen an, die Reben zu pflanzen, die ihnen die römischen Legionäre aus Italien mitgebracht hatten. Aus den Trauben machten sie schon damals den köstlichen und berühmten Pfälzer Wein.

Sie waren ein gemütliches Völkchen, die Pfälzer. Sie liebten ihr Land, ihren Wein, ließen den lieben Gott einen guten Mann sein und verbrachten ein ruhiges Leben. Morgens ließen sie sich vom lauten Krähen des Hahnes wecken und abends gingen sie früh mit den Hühnern schlafen.

Jedes Haus in der Pfalz hatte zur damaligen Zeit einen wunderschönen großen Garten, in dem im Sommer viele bunte Blumen blühten und der im Herbst voll war mit nahrhaftem und schmackhaftem Gemüse. Zu jedem Garten gehörte auch ein Komposthaufen, auf dem die Menschen alles sammelten, was im Garten und in der Küche abfiel: Salatblätter, Gemüsereste, Kartoffelschalen, Eierschalen. Die Bauernhöfe hatten vor dem Haus einen großen Misthaufen. Auf den kamen die Abfälle und der Mist aus dem Stall.

Was nun aber für die Menschen Abfall war, das war für die Hühner und Enten Leckerbissen und Köstlichkeiten. Und so tummelten sie sich den ganzen Tag auf dem Komposthaufen und Misthaufen und suchten nach Salatblättern und Gemüseresten und Körnern und altem Brot und ließen sich alles, was sie fanden, gut schmecken.

Und wenn sie alle Haufen durchgekratzt hatten und alles Nahrhafte aufgepickt hatten und im Garten nichts mehr zum Fressen fanden, dann liefen die Hühner und Enten und Gänse hinaus auf die Wiesen und Felder und wenn ihnen dort die Halme und Gräser nicht mehr schmeckten, suchten sie weiter weg am Waldrand nach Beeren und Kräutern.

Am Abend, wenn die Glocke vom Kirchturm im Dorf den Feierabend einläutete und die Bauern auf dem Feld, die Winzer in ihren Weinbergen und die Köhler und Holzfäller im Wald sich auf den Heimweg machten, mußten auch die Hühner und Enten sehen, daß sie rechtzeitig vor Einbruch der Dunkelheit nach

Hause kamen, wenn sie nicht vom Fuchs oder von einem Wolf gefressen werden wollten.

Und außerdem mußten sie sich ja zu Hause noch auf die Stange oder in ihr Nest setzen, um ihr abendliches Ei zu legen.

Manchmal konnte es schon vorkommen, daß einige von ihnen sich zu lange bei den köstlichen Waldbeeren verweilt hatten und es nicht mehr rechtzeitig schafften, vor dem Dunkelwerden heimzukommen.

Wenn die Bäuerin dann merkte, daß noch ein Platz auf der Hühnerstange frei war oder ein Entennest leer war, stellte sie ein Licht ins Fenster, damit das verspätete Hühnchen oder Entlein sehen konnte, wo sein Stall war, um schnell dorthin zu eilen und den Fuchs leer ausgehen zu lassen.

Einmal nun geschah es, daß im Tal bei St. Martin schon am Nachmittag von der Kalmit her schwarze Wolken am Himmel aufgezogen waren und es an diesem Tag früher dunkel wurde als sonst üblich. Bald zuckten die ersten Blitze über den Berg, heftige Donnerschläge rollten über den Totenkopf, und dann begann ein fürchterliches Gewitter Regen wie aus riesengroßen Weinfässern über die Wiesen und Felder und Gärten und Häuser von St. Martin und dem angrenzenden Maikammer zu schütten.

Alle Tiere und Menschen liefen, so schnell ein jeder konnte, unter ein schützendes Dach, um sich in Sicherheit zu bringen und um nicht naß zu werden.

Aber ein paar Hühner und Enten und ein Hahn waren noch weit draußen auf der Wiese vor dem Dorf, als sie von dem Gewitter überrascht wurden. Sie bekamen große Angst und in ihrer Aufregung liefen sie in die falsche Richtung: statt nach Hause in den Stall, liefen sie, so schnell sie konnten, in den nähergelegenen Wald. Dort hofften sie, sich vor dem Regen und dem Donner, vor allem aber vor den entsetzlichen Blitzen in Sicherheit bringen zu können.

Weil sie aber sehr große Angst hatten, rannten sie, als sie den Wald erreicht hatten, immer weiter und weiter und gerieten so immer tiefer und tiefer in den Wald hinein.

Endlich blieben sie stehen, duckten sich atemlos und zitternd in das feuchte Laub und vergruben die Köpfe ängstlich unter ihrem Gefieder. In dieser Stellung verharrten sie reglos und warteten auf das Ende des Gewitters.

Als die Hühner und Enten und der Hahn ihre Köpfe wieder vorsichtig hoben, hatten zwar der Regen und der Donner und die entsetzlichen Blitze schon längst aufgehört, aber, oh Schreck, es war mittlerweile auch tiefe, dunkle Nacht geworden.

Besorgt sahen sich die Hühner und die Enten und der Hahn um und suchten nach dem Schein der Lichter, die zu Hause für sie in den Fenstern aufgestellt sein mußten.

Aber weil sie viel zu tief in den Wald hineingelaufen waren, waren die Lichter viel zu weit weg und sie konnten ihren Schein gar nicht mehr sehen.

Und so kam es, daß sie das Leuchten der Glühwürmchen und Irrlichter, die über den Wasserlöchern und Sumpfgräben vor ihnen hergaukelten, für den Schein der häuslichen Laternen hielten. Diesen Lichtern nun folgten sie und hofften so, heimzufinden in den warmen und trockenen Stall.

Aber sie gerieten im Gefolge der Irrlichter und Glühwürmchen nur immer tiefer und tiefer in den Wald hinein, bis sie schließendlich zu den verwunschenen Orten Kehrdichannichts und Nimmerkehrwieder gelangt waren, dahin, wo alle Wege zu Ende sind, wo kein Pfad mehr weiterführt, nicht vor und nicht zurück, und von wo es für niemand mehr eine Umkehr gibt.

Da hockten sie nun, und als die Glühwürmchen ihre Lichter auslöschten und sich schlafen legten, blieb auch den Hühnern und Enten und dem Hahn nichts anderes übrig, als sich auch hinzulegen. Was ihnen auch nicht schwer fiel, da sie vom vielen Laufen und der Angst, die sie hatten ausstehen müssen, ganz erschöpft waren. Sie fielen sofort in einen tiefen Schlaf und hatten lange und aufregende Träume in dieser Nacht.

Als sie am nächsten Morgen aufwachten, wollten sie, aus alter Gewohnheit erst mal ihr tägliches Frühstücksei legen. Sie suchten also nach einer Stange, um sich darauf zu setzen.

Als sie sich aber im Wald umsahen, erblickten sie um sich herum lauter seltsame Wesen, die sie von allen Seiten mit großen, erstaunten Augen anstarrten:

Da hockten Zwerge und Wichtel auf Baumstümpfen. Gnome und Elfen saßen im Gras. Waldschrate und Mäuseriche lugten hinter den Büschen hervor und Sumpfeulen und Waldkäuze blinzelten von den Bäumen auf sie herab. Sogar eine richtige Fee stand in einem langen weißen Kleid still unter einer Buche.

Die Hühner und Enten hatten solche Wesen noch nie gesehen, aber auch die Waldbewohner betrachteten voller Erstaunen und Verwunderung die seltsamen Eindringlinge in ihr Waldreich.

Auf einmal begann ein allgemeines Flüstern und Wispern, ein Staunen und Raunen, ein Scharren und Schnarren. Die Hühner und Enten antworteten mit lautem Gackern und Quaken und der Hahn rief sein schönstes Kikeriki, bis sich alle einander vorgestellt und miteinander bekannt gemacht hatten.

Dann erzählten die Hühner und Enten und vorneweg der Hahn von zu Hause, von den Menschen, den Gärten, den Komposthaufen, den Misthaufen, den Wiesen und dem großen schrecklichen Gewitter, das sie in den Wald getrieben hatte. Und sie erzählten von den Glühwürmchen und Irrlichtern, die sie bis hierher gelockt und geführt hatten.

Jutta
Die Klappe

Gemeinsam mit den Elfen und Zwergen, den Gnomen und Wichteln, den Käuzen und Eulen überlegten sie nun, wie sie wieder zurück zu den Menschen finden könnten.

Da aber keiner von ihnen den Weg dorthin kannte, waren sie am Schluß alle ziemlich ratlos, bis die Waldfee ihnen den Vorschlag machte, doch einfach in Zukunft hier bei ihnen im Wald zu bleiben.

WIE DIE ELWEDRITSCHE AUF DIE WELT KAMEN

Und so nahm ein Gnomerich ein Hühnchen mit in seine Höhle, eine Elfe und ein Enterich taten sich zusammen, Wichtel und Hühner, Zwerge und Enten bauten sich gemeinsam ein Nest und der Hahn durfte die Pfälzerwaldfee nach Hause begleiten.

Und weil sich alle sehr lieb hatten und den ganzen Tag miteinander turtelten und die ganze Nacht miteinander turtelten, dauerte es nicht lange, bis aus den Eiern, die die Hühner und Enten weiterhin jeden Morgen und jeden Abend legten, nicht mehr niedliche gelbe und weiße Hühner- und Entenküken schlüpften, sondern ebenso niedliche kleine braune und graue und gesprenkelte und getupfte Küken, die aussahen wie Hühner und Elfen und Enten und Gnome zugleich.

Auch diese kleinen Küken wurden größer und größer und turtelten den ganzen Tag und die ganze Nacht miteinander und legten selber wieder jeden Tag, jeden Morgen und jeden Abend, ein Ei, aus dem wiederum ein solch wundersames neues Vogelkind schlüpfte.

Seit dieser Zeit gehören jene seltsamen Vögel zu den Tieren, die in der Pfalz, und nur dort, zu Hause sind.

Kein Mensch hat sie lange zu Gesicht bekommen. Sie selber wußten auch schon lange nicht mehr, daß ihre Urururgroßeltern einmal von den Bauernhöfen und Gärten und Misthaufen der Menschen hierher gekommen waren.

Nur eine Eigenschaft erinnerte noch an ihre Herkunft:

In Neumondnächten, wenn der Mond ganz vom Himmel verschwunden ist, oder in besonders dunklen Nächten, wenn es heftig gewittert hat, folgen die seltsamen Vögel, wie von einem inneren Zwang getrieben, die ganze Nacht dem Leuchten der Glühwürmchen und Irrlichter, als suchten sie noch immer die Lichter in den Häusern der Menschen.

WIE DIE ELWEDRITSCHE ZU IHREM NAMEN KAMEN

Eines Tages nun geriet im Sorgental, gleich hinter der Dicken Eiche und der Hohen Eiche am Fuße des Wolfshorns, die Kräuterkatrin, eine weise und kundige Frau aus Hauenstein, auf der Suche nach heilenden Kräutern vom Weg ab und lief so tief in den Wald hinein, daß sie an einem Moorgraben plötzlich einen der Sagenvögel aufstöberte.

Der flog kreischend auf, hüpfte, stolperte, watschelte und trippelte davon, so schnell er konnte und ließ die Kräuterkatrin erschrocken und verwundert zurück.

Erst wollte sie ihren Augen nicht recht trauen, schaute noch lange hinter dem Vogel her, aber weil sie ihn doch tatsächlich genau gesehen hatte, raffte sie schnell ihr Tuch zusammen, in dem sie schon einige Kräuter gesammelt hatte, und rannte hastig ins Dorf zurück.

Dort berichtete sie ganz aufgeregt allen Leuten, welch wunderbares Tier sie dort hinten im Sorgental gesehen hatte:

„Es sah aus wie ein Huhn“, keuchte sie atemlos, „nein, wie eine Elfe“, verbesserte sie sich. „Nein wie eine Ente – nein wie alle

drei zusammen und es ist gelaufen wie ein Gockel“, fügte sie hinzu, „nein, getrippelt wie eine Elfe. Nein gewatschelt wie eine Ente, nein, wie alle drei zusammen!“

„Eine richtige Elfetrippelwatschel habe ich gesehen“, versuchte die Kräuterkatrin den Leuten zu erklären, die um sie herumstanden und ihr staunend zuhörten.

Dann versuchten alle das seltsame Wort Elfetrippelwatschel nachzusprechen.

Weil aber ein so kompliziertes Wort für die meisten Pfälzer viel zu schwer ist und weil die Pfälzer die deutschen Wörter sowieso ganz anders aussprechen, nannten die Leute von Hauenstein den Vogel, den die Kräuterkatrin gesehen hatte, einfach Elfetrippelche oder Elfetrittche oder noch einfacher: Elwedritsche. Und so kamen die Elwedritsche zu ihrem Namen, und seit dieser Zeit wissen die Pfälzer, daß es diesen Vogel gibt und daß er in ihren Wäldern haust.

Aber nicht nur im Sorgental bei Hauenstein leben die Elwedritsche. Nein, überall in der Pfalz gibt es sie:

Zwischen Bad Dürkheim und Hochspeyer im kühlen Isenachtal, vom Leiningerland bis in den Wasgau, von der Rheinebene bis ins Dahner Felsenland. Im Elmsteiner Tal hausen sie, im Grüntal und im großen Finstertal rund um den Berwartstein, im Remigiusland zwischen den knorrigen Weiden des Glan und des Kuselbachs, im Karlstal bei Trippstadt sind sie zu Hause, im Landstuhler Bruch, wo das Moor ihnen Unterschlupf bietet. Auch im Lautertal bei Wolfstein findet ihr sie, im Bienwald um Kandel oder im „Peternell“, einem tannenbewachsenen Berg bei Bergzabern, wo jedes Jahr im Herbst die Böhämmer einfallen.

Nur gesehen hat außer der Kräuterkatrin noch keiner die Elwedritsche. Denn tagsüber, wenn die Köhler und Holzfäller im Wald waren oder die Frauen und Kinder beim Beerensuchen, schliefen die Elwedritsche meistens. Und in der Nacht, wenn die Elwedritsche umherziehen, schlafen die Pfälzer für gewöhnlich.

Bis eines Tages …

WIE DIE ELWEDRITSCHEJAGD ENTSTAND

… bis eines Tages der Deidesheimer Fritz aus Wachenheim sich auf den Weg nach Lindenberg machte.

Der Kronenwirt in Lindenberg sollte einen neuen Schubkarren bekommen, die der Fritz in Wachenheim in seiner Werkstatt meisterlich herzustellen wußte.

Und damit der Schubkarch nicht so allein und leer nach Lindenberg rollen mußte, hatte der Kronenwirt gleich noch ein Faß ‚Mandelgarten' mitbestellt.

Der Fritz schob also seine Fuhre durchs Wachenheimer Tal hinauf auf die Rotsteig, wobei er tüchtig ins Schwitzen kam und sehnsüchtig nach dem Faß schielte, das aber leider fest verschlossen war. Also mußte er sich gedulden, bis er in Lindenberg angekommen war, um seinen Durst zu löschen.

Von der Rotsteig ab ging's leichter. Lief doch der Schubkarch von hier fast allein hinunter nach Lindenberg und machte dem Fritz einige Mühe, ihm zu folgen und ihn zu lenken.

Bei der ‚Krone' angekommen, lieferte der Fritz das Bestellte ab,

und zum Dank für seine Mühe lud der Wirt ihn zu einer Veschper ein, daß er sich für den Heimweg stärke.

Da eine richtige Pfälzer Veschper nicht nur aus Lewwer- unn Grieweworschd unn Schwaademaache besteht, sondern ein guter Wein auch dazugehört, und von dem reichlich, damit die Lewwerworschd unn die Grieweworschd unn der Schwaademaache auch gut rutschen, hatte der Fritz schon einige Viertel getrunken, als ihn ein paar Zecher am Nebentisch einluden, sich zu ihnen zu setzen.

Und weil ein Pfälzer zu so einer Einladung nicht nein sagen kann, wurden es noch ein paar Viertel mehr, die der Fritz sich schmecken ließ. Und der Abend, der längst angebrochen war, wurde länger und länger und draußen vor der ‚Krone' wurde es dunkler und dunkler.

So war es schon fast Mitternacht, als die Zecher endlich aufbrachen und auch der Fritz sich auf den Heimweg nach Wachenheim machte.

Es war eine tiefdunkle Neumondnacht, die bevorzugte Nacht der

Elwedritsche. Kein noch so kleines Stückchen vom Mond konnte man am Himmel sehen und der Fritz hatte Mühe, seine eigene Hand vor den Augen zu finden. Weil er aber den Weg duch den Wald gut kannte, kam er zwar langsam und nicht mehr so ganz sicher auf seinen Beinen, aber doch stetig voran.

Unterwegs blieb er auf einmal stehen. Er rieb sich verwundert die Augen, weil er kaum glauben konnte, was er da vor sich sah:

Richtige Irrlichter tanzten über einem Moorloch und der Fritz dachte, so viel Wein habe ich doch gar nicht getrunken, daß ich schon Gespenster sehe. Er fuchtelte mit den Händen und versuchte die vermeintlichen Phantasiegebilde vor seinen Augen zu vertreiben. Aber die Irrlichter blieben und gaukelten weiter vor dem Fritz hin und her. Und es kam noch viel schauerlicher; denn hinter den Irrlichtern sah der Fritz gar wundersame Vögel torkeln und taumeln und watscheln.

Nun faßte sich der Fritz, der sonst wahrlich kein Held, aber durch den Wein mutig geworden war, ein Herz und schlich hinter den Elwedritschen her.

Das heißt, er torkelte, wenn auch aus einem anderen Grund, fast so gut wie die Elwedritsche durch den Wald im Wachenheimer Tal.

Dann versuchte er, eine von ihnen am Schwanz zu packen und festzuhalten. Aber sie entwischte ihm und er stolperte, erst über eine Wurzel, dann über seine eigenen Füße und stieß mit dem Kopf gegen den Stamm einer dicken Buche.

Jetzt sah der Fritz auf einmal in der dunklen Nacht den Himmel voller Sterne, und dann war es wieder ganz dunkel um ihn.

Wieder zu sich gekommen, rappelte er sich auf und machte sich, so schnell ihn seine runden Füße trugen, auf den Heimweg.

In Wachenheim angekommen, legte er sich ganz still und leise zu seiner Frau ins warme Bett.

Am nächsten Morgen, als er aufwachte, tat ihm der ganze Kopf weh und er wußte nicht, war es vom vielen Wein in Lindenberg oder kamen die Schmerzen von der dicken Buche, die ihm im Wege gestanden hatte.

Als seine Frau ihn fragte, woher er die Beule auf seiner Stirn habe, die aussehe, als sei ihm in der Nacht ein Horn gewachsen, erzählte der Fritz ihr, was er in der Nacht erlebt hatte.

Die Frau wußte sofort, daß ihr Fritz auf ein Elwedritschenest gestoßen sein mußte und sie faßte einen schlauen Plan:

Sie beide sollten die ersten sein, die eine Elwedritsche fangen und nach Wachenheim bringen würden.

Bis zur nächsten Neumondnacht mußten sie allerdings noch warten und ihre Ungeduld bezähmen. Dann aber zogen sie, sobald es dunkel geworden war, hinauf in den Wald und legten sich bei der dicken Buche ganz dicht bei den Moorlöchern auf die Lauer.

Sie hatten nicht vergessen, eine Laterne mitzunehmen und einen alten Kartoffelsack. Mit der Laterne wollten sie die Elwedritsche anlocken, dann würden sie eine fangen, in den Sack stecken und nach Hause tragen.

Der Fritz und seine Anna saßen die ganze Nacht mucksmäus-

chenstill. Der Fritz schwenkte die Laterne, immer hin und her, von der einen Seite auf die andere Seite, von oben nach unten, von unten nach oben und dann wieder im Kreis herum. Die Anna hielt derweilen mit beiden Armen den Sack ganz weit auf. Aber so sehr sie auch warteten und hofften, keine Elwedritsche ließ sich anlocken, geschweige denn einfangen.

Sie hörten die Vögel gurren und schnarren, konnten auch ab und zu einen Schatten vorüberhuschen sehen, aber als die Nacht vorbei war und der Morgen graute, hatten beide zwar lahme Arme, der Fritz vom Laterneschwenken und seine Frau vom Sackaufhalten, aber eine Elwedritsche hatten sie nicht gefangen. Müde und enttäuscht kehrten sie heim.

Abends beim Stammtisch im ‚Luginsland' erzählte der Fritz von ihrem nächtlichen Abenteuer. Die Freunde staunten nicht schlecht und rätselten und beratschlagten, wie wohl den Elwedritschen am besten beizukommen sei. Denn daß sie jetzt gemeinsam eine fangen wollten, das stand für alle fest.

PFÄLZER NECKLIED

Ritsche ratsche ritsche
mer fangen Elwedritsche

heb de Sack, schwenk dei Ladern
Elwedritsche henn dess gern

dunkel is unn kalt im Wald
Elwedritsche kummen bald

ritsche ratsche ritsche
mer fangen Elwedritsche

PFÄLZER NECKLIED
(für Nichtpfälzer)

ritsche ratsche ritsche
wir fangen Elwedritsche

halt den Sack, schwenk dein' Latern'
Elwedritsche haben's gern

dunkel ist's und kalt im Wald
Elwedritsche kommen bald

ritsche ratsche ritsche
wir fangen Elwedritsche

Die Idee mit dem Sack sei gut, meinte einer. Nur, man müsse die Elwedritsche vielleicht hineintreiben, wenn sie nicht von allein kämen.

Also beschlossen sie, in der nächsten Neumondnacht gemeinsam in den Wald zu ziehen. Sie wollten alle Knüppel und Stecken mitnehmen und damit laut auf die Bäume schlagen, um so die Elwedritsche aufzuscheuchen, sie vor sich herzujagen, um sie dann geradewegs in den Sack hineinzutreiben.

Als es so weit war, hockten sie den Fritz mit der Laterne und dem Sack hinter einen Busch im Wald. Sie selber vollführten mit ihren Knüppeln und Stecken und mit ihren Stimmen einen solchen Heidenlärm, daß sie wohl Hasen und Rehe und Dachse und Füchse und Eichhörnchen und sämtliche Vögel aus ihrem Schlaf aufweckten und in die Flucht schlugen, aber keine einzige Elwedritsche in den Sack des Fritz trieben.

Und so ist es bis heute geblieben: immer wieder machen sich die Pfälzer Leut vom Stammtisch aus auf, die Elwedritsche zu jagen und zu fangen. Immer wieder machen sie dabei einen Höllenspektakel und immer wieder kehren sie mit leeren Händen und mit leerem Sack heim.

Aber dann – und auch das ist schon immer so gewesen und ist heute noch so und wird in der Pfalz immer so sein – wenn die Pfälzer Leut und nicht nur die, zurückgekehrt sind von der Elwedritschejagd und wieder vor ihrem Viertel sitzen, dann erzählen sie die tollsten Abenteuer, die sie beim Elwedritschefangen erlebt haben, welche Gefahren sie bestanden haben und vor allem, welche Heldentaten sie dabei vollbracht haben.

Und sitzt ein Fremder am Nebentisch und spitzt die Ohren, dann wird er eingeladen, am Stammtisch Platz zu nehmen, weil ein uneingeweihter Zuhörer bei den Berichten über die Elwedritschejagd immer willkommen ist. Dann überbieten sich die Elwedritschejäger und die Elwedritschetreiber und die Elwedritschefänger mit ihrem Elwedritschelatein.

Je ungläubiger der Fremde die Runde anguckt, oder wenn er es sogar wagt, an der Existenz der Fabelvögel zu zweifeln, dann überzeugen ihn die Stammtischbrüder umso einiger und lauter vom tatsächlichen und geheimnisvollen Vorkommen dieser Vögel in der Pfalz.

Wobei die unerschöpfliche Phantasie eines Pfälzer Herzens, der

Humor eines Pfälzer Gemüts, die Geläufigkeit der Pfälzer Zunge und nicht zuletzt die Süffigkeit des Pfälzer Weins das Ihre dazutun, den Zweifelnden endgültig zu überzeugen.

Solchermaßen eingestimmt ist es immer wieder vorgekommen, daß die ganze Runde sich verabredet hat, in der nächsten dunklen Nacht auf Elwedritschejagd zu gehen. Wobei selbstverständlich dem Fremden die besondere Ehre zukam, den Sack und die Laterne halten zu dürfen.

Sobald es dunkel geworden ist, ziehen sie hinaus, nicht ohne sich vorher im Wirtshaus kräftig gestärkt zu haben. Im Wald postieren sie den Fänger an einer besonders dichten und unzugänglichen Stelle im Gebüsch. Die anderen, die Jäger und Treiber entfernen sich ein Stück und fangen dann an, mit ihren Knüppeln und Stecken laut und kräftig auf Büsche und Äste einzuschlagen und gehörig Krach zu machen.

Mit ihren Pfälzer Gurgeln können sie das Glucksen und Gurren, das Schnattern und Schnarren der Elwedritsche so täuschend ähnlich nachmachen, daß dem, der zitternd im Gebüsch sitzt, schon recht angst und bange werden kann.

Aber statt ihm die Elwedritsche zuzutreiben, daß er sie in seinem Sack einfangen kann, entfernen sich die Treiber allmählich vom Fanggrund und ‚vergessen' am Ende gar, ihren Jagdgenossen mit zurück ins Wirtshaus zu nehmen.

Während sie also längst wieder am Stammtisch sitzen, sich vor Lachen ausschütten und sich ihres gelungenen Streiches freuen, kann es vorkommen, daß der arme Fänger noch lange im Wald sitzt und im Dunkeln seine Laterne hochhält, bis er endlich merkt, daß er mutterseelenallein ist und ihm in dieser Nacht wohl keine Elwedritsche mehr in den Sack laufen wird.

PFÄLZER ELWEDRITSCHE LIED

Elwedritsche fange
gehn mer in de Nacht
mit Stecke unn mit Stange
werd Radau gemacht

äner der därf funkle
mit seiner Ladern
hockt allä im Dunkle
sieht nur noch die Stern

wann die Elwedritsche
kummen aussem Busch
muss er se verwitsche
in de Sack husch husch

PFÄLZER ELWEDRITSCHE LIED
(für Nichtpfälzer)

Elwedritsche fangen
gehn wir in der Nacht
mit Stöcken und mit Stangen
wird Radau gemacht

einer der darf funkeln
mit seiner Latern'
sitzt allein im Dunkeln
sieht nur noch die Stern'

wenn die Elwedritsche
kommen aus dem Busch
muß er sie erwischen
in den Sack husch husch

WAS DIE ELWEDRITSCHEJAGD BEDEUTET

Wäre das Zusammensitzen beim Wein – und ohne Wein geht bekanntlich nichts in der Pfalz – wäre das Erzählen, das ‚Plaudre unn Verzehle' – und das geht mit Wein in der Pfalz so viel besser – wäre die Freude am Geschichtenerfinden, die ‚Lust am Fabulieren', wie Goethe diese Eigenschaft der Pfälzer liebevoll genannt hätte, wäre all das nicht allein schon Grund genug für ein Pfälzer Gemüt, die Elwedritsche zu erfinden, pardon, zu finden, und die Jagd auf das Fabeltier zu einer sagenhaften Geschichte zu machen, so hatte das Elwedritschefangen in den pfälzischen Dörfern auch immer eine soziale und gemeinschaftsbildende Funktion.

Erleichterte doch das Unterfangen einer Elwedritschejagd einem neu ins Dorf gekommenen den Eintritt in die Dorfgemeinschaft und war sie zugleich Prüfstein, ob der Neue dazugehören konnte.

Die Jagd auf die Elwedritsche konnte aber auch dazu dienen, einen Fremden, einen ‚Hergeloffenen', deutlich und handfest spüren zu lassen, wo er zu weit gegangen war und die Grenzen, die dem Gast geboten sind, übertreten hatte.

So war es für einen jungen Mann, der von außerhalb ins Dorf

eingeheiratet hatte, seine erste Mutprobe und sozusagen eine Art Aufnahmeprüfung, wenn er beim nächsten Elwedritschefangen den Sack und die Laterne halten durfte.

Hatten ihn die Einheimischen an der unzugänglichsten Stelle ihres Waldes, den er bis dahin ja noch nicht kannte, mitten in der Nacht allein zurückgelassen, konnte er entweder so schnell wie möglich wieder zurück ins Wirtshaus finden, wo er dann mit großem Hallo empfangen und herzlich in die Runde aufgenommen wurde.

Oder er irrte nach langem, bangem Warten noch Stunden im Wald herum, bis er endlich beschämt nach Hause fand. Dann wurde er noch Wochen danach im Dorf als Elwedritschejäger gehänselt und verspottet.

Oder aber die Elwedritschejagd wurde als Bestrafung und Exempel für das vorlaute und angeberische Auftreten eines Fremden im Dorf veranstaltet.

So erging es jenem bayerischen Justizobersekretär, der im Dienst seines Königs in Landau das Recht vertrat. Weil der ‚Zwockl‘

abends im Lokal der Godramsteiner Winzergenossenschaft die Obrigkeit zu sehr hervorkehrte und zuviel königlich-bayerischen Dünkel und Besserwisserei an den Tag legte, beschloß die Stammtischrunde, ihm gehörig das Maul zu stopfen.

Auch ihm zu Ehren wurde zur Elwedritschejagd geblasen und selbstverständlich durfte der Herr Obersekretär den Sack und die Laterne halten.

In dieser Nacht schlugen die Godramsteiner besonders kräftig und laut mit ihren Stecken auf die Bäume und in dieser Nacht kreischten die Elwedritsche besonders schrill und markerschütternd im Godramsteiner Wald.

Der ‚Zwockl' soll sehr lange gebraucht haben, bis er wieder aus dem Wald herausfand. Und als er sich nach einigen Wochen wieder an den Stammtisch traute, sei er, so erzählt man, sehr viel stiller und bescheidener gewesen.

So wie dem Bayer und dem neu ins Dorf gekommenen ist es seitdem vielen ergangen, die sich von den Pfälzern haben zum Elwedritschefangen verlocken lassen.

Auch der Kurfürst von der Pfalz wußte von den Sagenvögeln in seinem Pfälzer Wald. Er verfügte, daß jeder Mann, der als Jäger oder Treiber in seine Dienste treten wollte, zuvor in der Pfalz an einer Elwedritschejagd teilnehmen mußte. Auf diese Weise ließ der ‚Jäger aus Kurpfalz', wie seine Untertanen ihn liebevoll und seine Gegner ihn respektvoll nannten, den Mut, die Unerschrokkenheit und die Gewitztheit seiner zukünftigen Jagdaufseher feststellen.

Die Tochter eines anderen Kurfürsten, die berühmte und von den Pfälzern verehrte und geliebte ‚Liselotte von der Pfalz' soll sogar ein Elwedritschenest im Park des Heidelberger Schlosses gekannt haben.

Dorthin lockte die junge Prinzessin, die von ihren Zeitgenossen als ‚aussergewöhnlich couragierte Person' beschrieben worden ist, ihre fürstlichen Gespielinnen und Gespielen, die als Gäste am Hofe ihres Vaters weilten.

In Versailles, am Hofe Ludwigs XIV., soll sie die höfische Gesellschaft manchen Abend mit Erzählungen von der Elwedritschejagd in ihrer pfälzischen Heimat unterhalten haben.

Auch zu den Lustbarkeiten des Bayerischen Königs Ludwig I. gehörten ausgedehnte Elwedritschejagden, wenn er mit seinem Gefolge in seiner pfälzischen Sommerresidenz in Edenkoben weilte. In den Wäldern um Schloss Ludwigshöhe hat damals mancher bayerische Graf eine zitternde Nacht im dunklen Gebüsch verbracht.

Aus unserer Zeit wird berichtet, daß die Weinrunde um einen Neustadter Oberbürgermeister, der in Gestalt und Auftreten einem pfälzischen Kurfürsten wohl zu vergleichen war, nächtens im Königsbacher ‚Engel‘ aufbrach, um einen leibhaftigen Minister in den Gimmeldinger Wald zu begleiten, dem dort der Sack mit Elwedritschen gefüllt werden sollte.

Auch diesem Minister ist es ergangen, wie allen vor ihm, die sich oder ihr Amt zu wichtig genommen haben, sich selbst für eine Leuchte hielten und meinten, alle anderen schon im Sack zu haben.

Der Herr Minister tappte stundenlang im Dunkeln herum, wußte am Ende nicht mehr, wo vorne und hinten war, und als er schließlich aus dem Wald herausgefunden hatte, war er um einiges bescheidener und nachdenklicher geworden.

Vielleicht sollten wir, wie weiland der Pfälzische Kurfürst, in Zukunft alle, die Minister werden oder sonst ein hohes Amt erreichen wollen, vorher in die Pfalz einladen und mit ihnen im Pfälzerwald auf die Elwedritschejagd gehen.

Wenn ihr also nicht aufpaßt und im Pfälzer Land im nächsten Wirthaus auf die richtige Runde trefft, kann es euch auch heute noch genauso ergehen, wie allen vor euch, die gemeint haben, mit uns Pfälzern könne man ungestraft Elwedritsche fangen. Ehe ihr euch's verseht, steht ihr im Wald, laßt euer Licht umsonst scheinen, haltet den Sack vergeblich auf und wenn ihr hofft, daß euch das Glück in Gestalt einer Elwedritsche von selbst zuläuft, seid ihr am Ende noch die Gefoppten.

Denn es hat sich nichts geändert in der Pfalz. Elwedritsche gibt es immer noch. Gejagt werden sie bis auf den heutigen Tag, nur gefangen hat noch keiner einen dieser sagenhaften Vögel. Und wenn wir alle ehrlich sind: Gesehen hat ihn auch noch keiner so richtig. Bis …

PFÄLZER KINDERABZÄHLVERS

Die Kuh macht muh
de Frosch macht quak
die Elwedritsch hupst in de Sack

WIE DIE ELWEDRITSCHE NACH NEUSTADT KAMEN

… bis auf einen.

Der war ein Pfälzer Bildhauer und hatte schon als Kind all die Geschichten über die Elwedritsche gehört, wenn die Alten erzählten, wie sie den Pfälzerwaldvogel gejagt hatten, wann er und wo er am besten anzutreffen sei und was man alles tun muß, um seiner habhaft zu werden.

Weil der Bildhauer nun endlich einmal wissen wollte, wie die vielgerühmten Vögel aussahen und ob es sie wirklich gab, stieg er in einer Neumondnacht von Lachen am Fuße des Haardtgebirges, wo er wohnte und arbeitete, hinauf in den Pfälzer Wald zum Hambacher Schloss.

Er wußte, daß er nur in einer solchen dunklen Nacht eine Elwedritsche zu Gesicht bekommen konnte. Und vorsorglich hatte er auch keinen Sack bei sich, noch trug er einen Stock, denn er wollte keinen Lärm machen, um die Elwedritsche nur ja nicht zu vertreiben. Er setzte vorsichtig Fuß um Fuß auf den Waldboden und ging, so leise er nur konnte, den Berg hinauf. Als er an einem Sumpfgraben angekommen war, setzte er sich still hinter ein dichtes Gebüsch und lauschte in die dunkle Nacht hinein.

Lange hörte er gar nichts und wollte schon aufgeben und wieder nach Hause gehen. Doch dann, auf einmal, vernahm er ein leises Gurren, dann ein Schnarren, dann von verschiedenen Seiten Rascheln und Scharren, das immer näher kam. Dann als die ersten Leuchtkäfer und Irrlichter auftauchten und das Sumpfloch erleuchteten, sah er sie:

Kleine Elwedritsche und große Elwedritsche, junge Elwedritsche und alte Elwedritsche, Elwedritschemännchen und Elwedritscheweibchen und natürlich auch Elwedritschekinder. Und mittendrin in der Elwedritschescharr, stolz und mächtig, die Elwedritschemutter.

Und der Bildhauer hörte sie gurren und schnurren, und piepsen und wispern und er sah sie hüpfen und trippeln und watscheln und gatscheln.

Er saß ganz still, öffnete weit die Augen und hielt alles, was er sah, in seinem Herzen und in seinem Gedächtnis fest.

Wieder zu Hause in seiner Werkstatt, nahm er einen großen Block und zeichnete alle Elwedritsche auf, die er im Wald gese-

hen hatte, bis sein Block ganz voll war und nur noch eine klitzekleine Maus darauf Platz hatte.

Am nächsten Tag fing er an, die wunderbaren Vögel mit seinen Händen zu formen:

Erst aus Ton, dann in Gips und dann aus Wachs. Zum Schluß goß er die Formen, die er gemacht hatte, mit heißer flüssiger Bronze aus.

Nachdem die Bronze erkaltet war, zerbrach der Bildhauer vorsichtig alle Formen und war gespannt, was darunter hervorkommen würde.

Und da standen sie vor ihm: Lauter wunderschöne Elwedritsche, genauso wie er sie im Wald gesehen hatte:

Kleine Elwedritsche und große Elwedritsche, junge Elwedritsche und alte Elwedritsche, Elwedritschemännchen und Elwedritscheweibchen und natürlich auch Elwedritschekinder. Und mittendrin in der Elwedritschescharr, stolz und mächtig, die Elwedritschemutter.

Der Bildhauer brachte alle seine Elwedritsche nach Neustadt und baute für sie mitten in der Stadt, da wo früher der Klemmhof gestanden hatte, einen wunderschönen Brunnen.

Seitdem leben die Elwedritsche dort in Neustadt, bespritzen sich den ganzen Tag mit Wasser, versuchen dem aufgestellten Sack zu entkommen, freuen sich wenn alle kleinen und großen Kinder sie besuchen und mit ihnen spielen und sind glücklich, daß sie wieder zu den Menschen zurückgefunden haben.

Eine besonders neugierige Elwedritsche ist sogar vom Brunnen weggelaufen, hinein in die Stadt, bis hin zum Marktplatz an der großen Stiftkirche mit ihren zwei ungleichen Türmen.

Dort sitzt sie seitdem am Fuße des Marktbrunnens auf dem Pflaster und guckt immerfort erwartungsvoll in die vielen Fenster des großen Rathauses und hofft, dahinter vielleicht doch eines Tages irgendwann einmal eine Leuchte entdecken zu können.

ERKLÄRUNGEN

Grieweworschd	– Griebenwurst
Lewwerworschd	– Leberwurst
Mandelgarten	– Weinlage in Wachenheim
plaudre un verzehle	– plaudern und erzählen
Schwaademaache	– Schwartenmagen
Veschper	– Vesper, Brotzeit
Zwockl	– Pfälzer Spitzname für die Bayern

INHALTSVERZEICHNIS